东方神画·极地美术教材

水粉课堂

辽宁美术出版社

中国极地美术教育系列丛书
主　编：刘 芯 芯
极地美术教育研究工作室编著

图书在版编目（CIP）数据

极地水粉课堂.少儿部分.5-10岁.3/ 刘芯芯
编著. 沈阳:辽宁美术出版社，2004（2007.8重印）
ISBN 978-7-5314-3229-6

Ⅰ.极... Ⅱ.刘... Ⅲ.水粉画－技法(美术)
－教材　Ⅳ.J215

中国版本图书馆 CIP 数据核字（2004）第 136723 号

出　版　者：辽宁美术出版社
　　　　　　（地址：沈阳市和平区民族北街29号　邮编：110001）
印　刷　者：沈阳美程在线印刷有限公司
发　行　者：辽宁美术出版社
开　　　本：889mm×1194mm　1/12
印　　　张：7
字　　　数：8千字
印　　　数：3001-5000册
出 版 时 间：2005年2月第1版
印 刷 时 间：2007年8月第2次印刷
责 任 编 辑：方 伟
封 面 设 计：于洪波
版 式 设 计：于洪波
责 任 校 对：张亚迪
书　　　号：ISBN 978-7-5314-3229-6
定　　　价：39.00元
邮 购 电 话：024-23414948
E-mail:lnmscbs@mail.lnpgc.com.cn
http://www.lnpgc.com.cn

极地美术书法学校是由著名美术教育专家刘芯芯2000年创办，至2003年发展成颇具规模的美术教育培训机构。

几年来，刘芯芯和极地一批年轻的美术工作者们，在大量的教学实践中，探索出一套极具特色且行之有效的教学体系，极地人愿将这些在实践中研究出的教学成果与国内外同行们共同分享，进而推动美术教育事业的广泛发展。

极地的崛起有赖于极地人对美术教育的挚爱和不断创新的进取精神。极地教师特别注重培养学生的观察力及表现力，想像力与创造力，极地所设置的系统课程已被实践验证是行之有效的，因此极地的学生思维活跃，乐于创作，动手能力及绘画表现能力出类拔萃，是同龄孩子中的佼佼者。

东方神画·极地美术学校

沈河校区
地址：沈阳市沈河区万寿寺街20—1号
和平校区
地址：沈阳市和平区和平北大街166号
铁西校区
址址：沈阳市铁西区沈辽东路17号

皇姑校区
地址：沈阳市皇姑区黄河南大街41号
大东校区
地址：沈阳市大东区东顺城街152号
文艺路校区
地址：沈阳市沈河区文艺路86号
网址：www.pfaedu.com

水粉课堂

[03]

1. 色相： 指色彩的相貌，是区别色彩种类的名称，色彩所显现的颜色为色相。如:白色、红色、绿色等。

2. 冷暖： 色彩给人的冷暖感受为色彩的冷暖。其中给人以冷的感受为冷色，如蓝色；给人以温暖的感受为暖色，如红色。

3. 色调： 两种或多种颜色组合在一起后形成新的色彩倾向为色调。

A.绿色调　　　　B.蓝色调　　　　C.红色调

4. 色彩的三原色： A.黄　　　B.红　　　C.蓝

三原色两两相调和为间色：

A.黄加红为桔黄色　　B.黄加蓝为绿色　　C.红加蓝为紫色

5. 明度： 色彩的明亮程度为明度。一般情况下，黑白可调节明度的变化。明度有同一色调的明度变化，也有不同色调的明度变化。

A.加白的明度变化　　　　B.加黑的明度变化

C.同一色调的明度变化　　D.不同色调的明度变化

6. 纯度： 色彩的饱和程度为色彩的纯度。

7. 对比： 色彩的反差为色彩的对比，两个对比颜色为对比色。

A.红与绿　　B.黄与蓝　　C.黑与白

 美术教育

材料与技法部分

水粉画的颜料：水粉颜料，宣传色，广告色。

水粉画的特点：用水调和，使用方便，颜料能调出丰富的色彩，既具有油画的可涂改遮盖的特性，也能画出水彩画透明的效果。

调色盒、调色盘：选用陶瓷或塑料材质的白色制品，容易清洗。

笔：用质量好一点的水粉笔，大中小号要齐全。有时甚至需要两套笔，使用时更方便。另外还要准备一支小叶筋笔，刻画细节时使用。

画纸：用有一定厚度的纸，如厚的素描纸，厚的图画纸，厚的水彩纸，建议初学者不要用麻纹太大的水粉纸。

笔触：用笔画画时都要留下运笔的痕迹，这就是笔触。极地美术书法学校的水粉课特别强调笔触的大胆运用。

（1）小笔触　　　　（2）大笔触

水粉课堂

《极地水粉课堂》少儿阶段系列丛书，主要技法有干画法和湿画法两种，运用最多的是干画法。在本套书中通过每一节课的练习，同学们就会了解这些画法的特点，体会其中的奥妙，享受成功的快乐。

作画步骤一

提示：A. 怎样设计花瓶的图案看起来才更和谐漂亮呢？几幅同学的作品一定能给大家很大启发。

B. 颜色很深的叶与花在明亮的背景衬托下显得稳重又不失美感。明度对比很有视觉冲击力，请大胆尝试吧！

美术教育

作画步骤二

作画步骤三

第一课

(1) 用大号笔蘸桔红、淡黄、白，大笔触并快速画出暖色调背景。明度的变化使画面看起来有空间感。

(2) 底色半干或全干时画白色的瓶子。

(3) 在瓶子上设计主要的色块，如桔红、绿色等。深色的影子使白色瓶子看起来有稳重的感觉。

(4) 用煤黑、红、黄调和画出叶子、小花，注意大小变化、位置的安排。

作画步骤四

教师范画

[07]

学生作品

董昊 女 8岁

潘昊 男 8岁

美术教育

郑丹妮 女 7岁

李金蒙 女 6岁

作画步骤一

提示：A. 因为花瓣要遮挡花托，因此要先将
　　　　 花托的位置摆好。有疏密的变化，画
　　　　 花瓣时就会产生遮挡的自然效果。
　　　B. 普蓝加柠檬黄画叶子，看起来有很
　　　　 强的层次感。
　　　C. 花花绿绿的花盆怎样创作都有道
　　　　 理，很放松，很好玩。

作画步骤二

作画步骤三

第二课

(1) 用湖蓝、玫瑰红、白色，画上半部分背景，不用换笔直
　　接蘸玫瑰红、群青，画下半部分背景。
(2) 自由选颜色，一层层地画出花盆的外形轮廓。注意先
　　画出花托。
(3) 画完花托要画遮挡的花瓣。
(4) 自由创作画花盆的图案。

作画步骤四

水粉课堂

[09]

美术教育

教师范画

学生作品

吴晓宇 男 7岁

王钊 男 7岁

张桐瑞 男 6岁

金珏如 女 7岁

水粉课堂

[11]

作画步骤一

提示：A．只用一种颜色也可以设计出有特色
　　　　　的漂亮图案。
　　　B．绿瓶、黄花，很舒服很和谐。

美术教育

作画步骤二

作画步骤三

第三课

（1）暖暖的黄绿色调的背景。

（2）用小号笔勾出好玩的瓶子外形。

（3）绿色的瓶子要有明度变化。

（4）每朵小花也都要有深浅的变化，要求同学们用白色画
　　　瓶子的图案。

作画步骤四

水粉课堂

教师范画

学生作品

董昊 女 8岁

陈之光 男 8岁

美术教育

王涵 女 8岁

丁珉竹 女 7岁

作画步骤一

作画步骤二

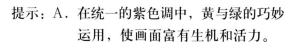
提示：A．在统一的紫色调中，黄与绿的巧妙
　　　　运用，使画面富有生机和活力。
　　　B．瓶子的形状很好玩，会给同学们带
　　　　来乐趣和创作热情。

作画步骤三

水粉课堂

第四课

（1）整个背景上浅下深有跳动的笔触，所用的颜色有白、
　　玫瑰红、湖蓝等。
（2）背景半干时勾画出白色的瓶子。要在白色中加少许的
　　玫瑰红、湖蓝。
（3）安排出每朵花的位置，要互相遮挡，错落有致，颜色
　　深浅相互搭配、衬托。
（4）柠檬黄加白画出有明度变化的花蕊，绿色的枝条要生
　　动自然。

作画步骤四

[15]

美术教育

教师范画

学生作品

张姊慧　女　6岁

殷若依　女　7岁

邬玥莹　女　7岁

乔奕聪　女　7岁

水粉课堂

[17]

作画步骤一

提示：运用和谐的颜色，大胆画出自己心中的图案。

作画步骤二

作画步骤三

美术教育

第五课

（1）背景画完之后，画出花盆的外形。

（2）花盆的大块颜色都是背景中的颜色，因此看起来很和谐。

（3）刻画花盆的图案，对花盆进一步刻画，并安排出暖色调的花朵。

（4）再用一些明亮鲜艳的颜色，对花盆进行细致的刻画。

作画步骤四

教师范画

学生作品

乔奕聪 女 7岁

董昊 女 8岁

美术教育

潘昊 男 8岁

刘龙起 男 8岁

作画步骤一

提示：A. 画中背景比主体明亮，形成了逆光的效果。
　　　B. 灰色调在明亮暖色调的衬托下，显得非常雅致。

作画步骤二

作画步骤三

作画步骤四

第六课

(1) 待偏暖色调的背景半干后用小号笔画出瓶口。

(2) 画出明度较瓶口明亮的瓶子，要注意安排好几片主要叶子的位置。

(3) 三朵花的位置安排及色调的选择非常重要。

(4) 用重色勾画出花茎，用明亮的颜色勾画出叶脉。

水粉课堂

美术教育

教师范画

学生作品

金禹安　男　8岁

王钊　男　7岁

吴津瑶　女　6岁

刘龙起　男　8岁

水粉课堂

作画步骤一

提示：A．用大号笔蘸饱满的颜色概括画瓶
子，可留有明显的笔触。

B．请用暖色来画瓶子的图案，整个画
面是黄与绿的组合。

美术教育

作画步骤二

作画步骤三

第七课

（1）用大号笔画出明度变化的绿调背景。

（2）用中号笔先画出瓶口，再用大号笔概括地画出瓶子的形状。

（3）用小号笔勾出细细的枝条，并画出瓶子上的花朵。

（4）用画枝条的笔，直接蘸明亮的红、黄、绿等颜色，点画出
待放的花蕾。

作画步骤四

水粉课堂

教师范画

[25]

学生作品

吴和非　女　7岁

李金蒙　女　6岁

美术教育

丁珉竹　女　7岁

张姊慧　女　6岁

作画步骤一

提示：A．请注意花和花茎的遮挡效果。
　　　B．请注意瓶口花边的处理是多么巧妙
　　　　自然。

作画步骤二

作画步骤三

作画步骤四

第八课

（1）用大号笔画出黄绿过渡的背景。

（2）画出明度稍亮的粉绿色的花瓶。

（3）由于两层花瓣的深浅变化，使小花看起来有了立体感。

（4）请大胆设计花瓶的图案。

[27]

美术教育

教师范画

学生作品

郑丹妮　女　7岁

魏含珊　女　8岁

王　钊　男　7岁

张桐瑞　男　6岁

作画步骤一

提示：A. 立体的瓶子有些难度，需要精心刻
画。
B. 整个画面色调统一，十分和谐。

作画步骤二

作画步骤三

美术教育

第九课

(1) 用小号笔蘸玫瑰红勾出瓶子的造型，之后用大号笔画
出蓝色调的背景。
(2) 根据需要选用合适的笔画出立体的瓶子。
(3) 每一朵花的用笔都很简练并互有遮挡。
(4) 画出有深浅变化的叶子，并在瓶子上点缀些小图案。

作画步骤四

水粉课堂

教师范画

学生作品

美术教育

潘昊 男 7岁

董昊 女 7岁

李安然 女 8岁

尚博雯 女 8岁

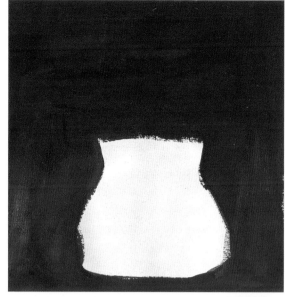

作画步骤一

提示：A. 同一色调的画面明度变化非常关
键。
B. 请同学们大胆用黑与白。

作画步骤二

作画步骤三

水粉课堂

第十课

（1）留出花瓶的位置画出红色调的背景。

（2）用大块暖色画出瓶子的图案。

（3）安排暖色调的花朵，有明暗对比，有前后遮挡。

（4）叶子用普蓝加柠檬黄画出深浅变化，瓶子则少不了黑
和白的点睛作用。

作画步骤四

[33]

美术教育

教师范画

学生作品

尚博雯　女　8岁

王行健　男　9岁

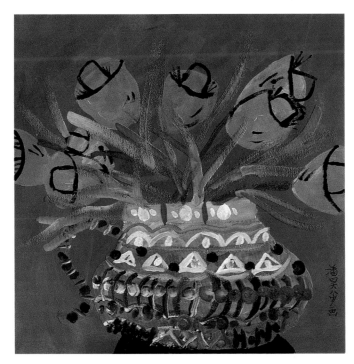

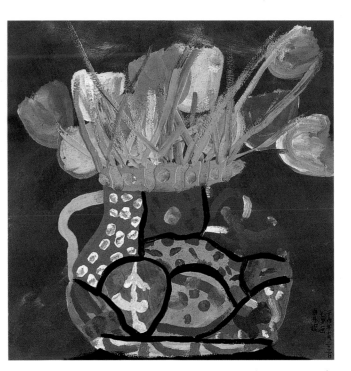

潘　昊　男　8岁

郑丹妮　女　7岁

水粉课堂

[35]

作画步骤一

提示：A. 注意感受花盆的虚实处理。
 B. 用中号笔蘸同一色调的两种或两种
    以上颜色不调和直接画花瓣，每画
    完一个花瓣，再重新蘸颜色，这样
    画出的花朵就会生动起来，有闪烁
    的感觉。

美术教育

作画步骤二

作画步骤三

第十一课

(1) 黄、绿、紫色组成了绚烂的背景。
(2) 用小号笔勾出花盆的外形，用大、中号笔涂颜色，要
    有冷暖变化。
(3) 请注意花盆的边缘有虚实的变化。
(4) 叶子以及小花在画面上有闪烁的感觉。

作画步骤四

水粉课堂

教师范画

[37]

学生作品

魏含珊 女 8岁

陈之光 男 8岁

美术教育

胡函博 男 7岁

董昊 女 8岁

作画步骤一

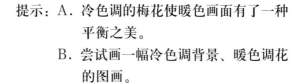

提示：A. 冷色调的梅花使暖色画面有了一种
       平衡之美。
    B. 尝试画一幅冷色调背景、暖色调花
       的图画。

作画步骤二

作画步骤三

第十二课

（1）勾出花盆，用大号笔画出暖而明亮的背景。
（2）用大号笔蘸桔红、熟褐画花盆。
（3）煤黑加深红画粗壮的花茎。
（4）白、玫瑰红、钴蓝、群青画闪烁的梅花。

作画步骤四

水粉课堂

美术教育

教师范画

学生作品

潘　昊　男　7岁

李安然　女　8岁

王　涵　女　8岁

王一同　女　6岁

水粉课堂

[41]

作画步骤一

提示：A．注意花与花之间的位置安排及组合
　　　　在一起的整体外形是否好看。
　　　B．用笔放松、自然、大胆才能使画面
　　　　富有生机。

作画步骤二

作画步骤三

美术教育

第十三课

（1）明亮的绿色调背景。
（2）绿色调的花瓶。
（3）冷暖错落的花。
（4）深浅变化的茎和叶子将众多小花组合在一起。

作画步骤四

教师范画

[43]

学生作品

美术教育

王翔宇　男　8岁

郑丹妮　女　7岁

刘龙起　男　8岁

魏含珊　女　8岁

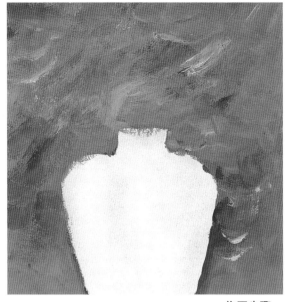

作画步骤一

提示：A．注意叶子大小变化以及位置摆放。
    B．瓶子上的小花使瓶子看起来既稳重
      又不失活泼。

作画步骤二

作画步骤三

水粉课堂

第十四课

（1）先留出花瓶再画粉色调的背景。
（2）用煤黑、大红、群青画瓶子。
（3）画出暖色的大叶子。
（4）瓶上是冷色的花。

作画步骤四

美术教育

教师范画

学生作品

尚博雯　女　8岁

弓子贺　女　10岁

李安然　女　8岁

丁珉竹　女　7岁

水粉课堂

[47]

作画步骤一

提示：A．点彩时笔上至少蘸两种颜色。
　　　B．点彩时运用明度变化，会有很好的
　　　　画面效果。

美术教育

作画步骤二

作画步骤三

第十五课

（1）整个背景呈柔和的灰绿和灰蓝色的调子。
（2）勾出花盆的造型，用点彩法画出花盆的主体颜色。
（3）同样用点彩法画出有明度变化的花。
（4）点画出花盆上美丽的花纹图案。

作画步骤四

教师范画

水粉课堂

学生作品

王一同　女　6岁

徐启惠　女　10岁

美术教育

李轶夫　男　10岁

刘曦　女　10岁

作画步骤一

作画步骤二

提示：A．桌子的暖色给画面增色不少。
　　　B．花儿既闪亮又能融入背景之中。

作画步骤三

作画步骤四

第十六课

(1) 紫色调的背景，并有很明显的笔触。
(2) 背景半干时画出白色的瓶子，泛起的底色不会使瓶子
　　呈现生硬的纯白色。
(3) 暖色的桌子使画面呈现闪亮的感觉。
(4) 在几块冷色的不规则图形中，点缀闪亮的颜色，在冷
　　调的背景中点缀闪烁的花儿。

水粉课堂

[51]

美术教育

教师范画

学生作品

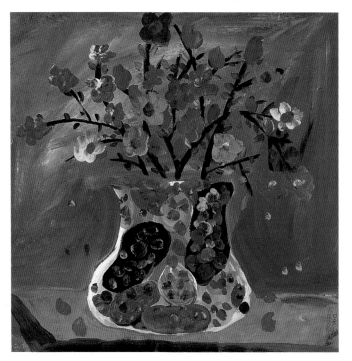

马语心　女　10岁

吴　迪　男　10岁

钟雪心　女　8岁

高宁泽　男　10岁

水粉课堂

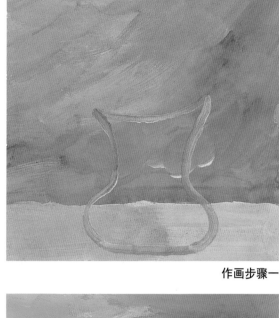

作画步骤一

提示：A. 红、黄、蓝、绿组合成很深沉很忧
　　　　郁的一幅画。
　　　B. 瓶子的造型有趣，请你开动脑筋也
　　　　来创作一只瓶子吧！

作画步骤二

作画步骤三

美术教育

第十七课

（1）黄绿色的背景，用黄色为瓶子起稿。
（2）先铺好大块的颜色。
（3）开始用点彩法画花朵。
（4）用点彩法装饰瓶子，但不需要铺满。

作画步骤四

水粉课堂

教师范画

学生作品

王翔宇　男　8岁

曹艺馨　女　8岁

美术教育

刘龙起　男　8岁

尚博雯　女　8岁

作画步骤一

作画步骤二

提示：A. 画中的冷色都是用黄色来调节，使
　　　　画面明亮又有活力。
　　　B. 绿色的小叶子与背景中绿色相互呼
　　　　应，有和谐之美。

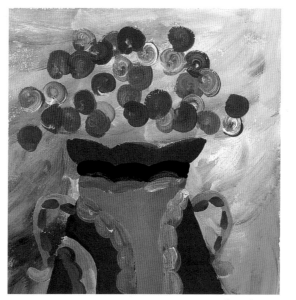

作画步骤三

作画步骤四

第十八课

（1）保留花瓶的造型，大笔画出上粉下绿的背景。
（2）用土黄、普蓝、玫瑰红、煤黑铺满花瓶。
（3）用中号笔选同一色调拧出每一朵小花。
（4）用桔红、黄点画花蕊，用浅蓝、浅黄装饰漂亮花瓶。

水粉课堂

美术教育

教师范画

学生作品

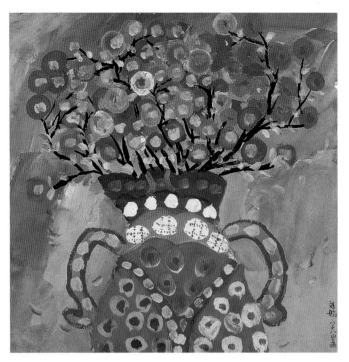

蔺笑晗　女　8岁

刘航宇　男　8岁

李安然　女　8岁

郑丹妮　女　7岁

水粉课堂

作画步骤一

提示：A. 黑白两色调节了花瓶的明度，打破了原有的沉闷。
B. 花儿的颜色与瓶的色彩相互渗透，使画面很协调。

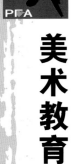

美术教育

作画步骤二

作画步骤三

第十九课

（1）在黄与绿的背景上，用黄、绿、红塑造奇怪的造型。
（2）红、黄、蓝、绿铺满了整个瓶子。
（3）用煤黑进一步装饰，并画出深浅不同的绿色花蕊。
（4）对瓶子进行深入的刻画，使每朵花都有变化的暖色花瓣。

作画步骤四

教师范画

学生作品

董昊 女 8岁

弓子贺 女 10岁

美术教育

曹艺馨 女 8岁

王翔宇 男 8岁

作画步骤一

作画步骤二

作画步骤三

水粉课堂

第二十课

(1) 大笔画出绿色调的背景。
(2) 黄、红、黑构成了瓶子的主色。
(3) 用白色进一步刻画瓶子，并用大号笔画出相互遮挡的花朵。
(4) 瓶子的颜色主要靠白色来调节。

作画步骤四

美术教育

教师范画

学生作品

潘昊 男 7岁

王翔宇 男 8岁

刘龙起 男 8岁

丁珉竹 女 7岁

水粉课堂

作画步骤一

提示：A. 整个画面只有两个主色调，画面清新明快。
B. 粉色的花在绿色的衬托下更加鲜艳夺目。

美术教育

作画步骤二

作画步骤三

第二十一课

（1）黄与绿组成的背景，上半部分笔触平缓，过渡柔和。

（2）粉绿色光滑的花瓶，没有明显的明度变化。

（3）画出主要的几朵花，并开始用小号笔蘸绿色进行装饰。

（4）用玫瑰红加白画出有深浅变化的花。

作画步骤四

水粉课堂

教师范画

学生作品

弓子贺　女　10岁

王翔宇　男　8岁

美术教育

董昊　女　7岁

王行健　男　9岁

作画步骤一

作画步骤二

提示：A．大胆运用白与黑。
　　　B．大胆运用调色盘中画花盆所用的颜色来画花。

作画步骤三

水粉课堂

作画步骤四

第二十二课

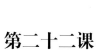

（1）留出花盆，大笔画出桔黄色的暖色背景。

（2）用大块颜色组合整个花盆。

（3）运用黑色将花盆分割成不规则图形，并画出黑色的枝干。

（4）装饰每一个被分割出来的图形，并随意点画出不规则的小花。

美术教育

教师范画

学生作品

尚博雯　女　8岁

弓子贺　女　10岁

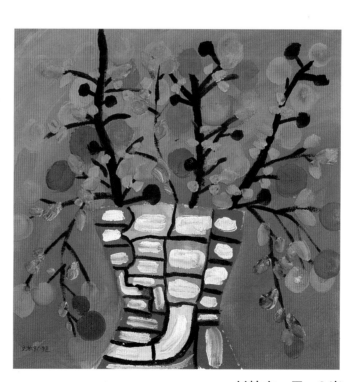

郑丹妮　女　7岁

刘航宇　男　8岁

水粉课堂

作画步骤一

提示：A．每朵花只用两笔，一深一浅，有立
　　　体感，又有光感。
　　　B．花茎和叶子轻盈飘动，似有微风吹
　　　来。

作画步骤二

作画步骤三

美术教育

第二十三课

(1) 留出花瓶，大笔画出绿色的背景。
(2) 先画较深色的瓶口，再画较浅色的瓶子，受光部分要
　　明亮。
(3) 用中号笔先画花的左边。
(4) 再画花的右边，花茎和叶子。

作画步骤四

教师范画

学生作品

魏含珊　女　8岁

刘龙起　男　8岁

美术教育

郑丹妮　女　7岁

王翔宇　男　8岁

作画步骤一

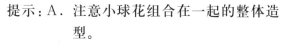

提示：A. 注意小球花组合在一起的整体造型。

B. 注意花瓶的球形图案，起到了上下呼应的效果。

作画步骤二

作画步骤三

第二十四课

(1) 用大笔画出偏红、黄的暖色背景，并勾出花瓶的造型。

(2) 用各种颜色呈条纹状铺满花瓶。

(3) 用黄、红、褐色等拧出球状小花。

(4) 在每块铺好的色块里，精心设计图案。

作画步骤四

水粉课堂

美术教育

教师范画

学生作品

董昊 女 7岁

魏含珊 女 8岁

曹艺馨 女 8岁

王行健 男 9岁

水粉课堂

作画步骤一

提示：A. 花瓶的后期刻画所用的颜色与瓶中
　　　 花的颜色一致。
　　　B. 画中变化的鲜艳的绿色起到了烘
　　　 托、渲染的作用。

美术教育

作画步骤二

作画步骤三

第二十五课

(1) 背景光滑平整，过渡自然，笔触不明显。

(2) 群青、普蓝、玫瑰红、白是瓶的主色。

(3) 画完花托后，再画色调统一有明度变化的花瓣。

(4) 进一步刻画花瓶，并画出花茎和叶子。

作画步骤四

水粉课堂

教师范画

学生作品

李金蒙　女　6岁

郑丹妮　女　7岁

美术教育

弓子贺　女　10岁

王翔宇　男　8岁

作画步骤一

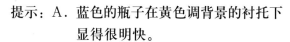

提示：A. 蓝色的瓶子在黄色调背景的衬托下
　　　　显得很明快。
　　　B. 蓝色瓶子本身就是一幅风景画。

作画步骤二

作画步骤三

水粉课堂

第二十六课

(1) 用大号笔蘸柠檬黄、桔黄画出有深浅变化的暖色背景。
(2) 待背景完全干后，用群青加白画瓶子，并画出绿色调的
　　叶子。
(3) 画完叶脉以后，画暖色调的花，瓶子上的白云也要先画
　　出来。
(4) 用小叶筋笔勾画出细细的花茎，花蕊的颜色以绿色为主。

作画步骤四

美术教育

教师范画

学生作品

邬玥莹　女　7岁

李香依　女　7岁

张馨元　女　7岁

吴津瑶　女　6岁

水粉课堂

RFA
中国极地美术教育

中国极地美术教育系列丛书
主　编：刘 芯 芯
极地美术教育研究工作室编著

即将出版少儿阶段图书
线描课堂
彩笔课堂
彩铅笔课堂
油画棒课堂
连环画课堂

即将出版专业阶段图书
素描入门
色彩入门
速写入门
高考素描人物
高考素描静物
高考色彩人物
高考色彩静物
高考速写创作

沈阳市极地美术书法学校
地址：沈阳市沈河区万寿寺街 20-1 号
电话：22722710　22722720
和平分校
地址：沈阳市和平区民主路 225 号
电话：23500838　23500839
铁西分校
地址：沈阳市铁西区沈辽东路 17 号
电话：25891886　25891887